KB202339

숲으로 가는 나무의자

김향숙 시집

상상인 시인선 *059*

•본문 페이지에서 한 연이 첫 번째 행에서 시작될 때에는 〈 표기를 합니다.
•저자의 의도에 따라 작품의 보조 동사와 합성 명사는 띄어쓰기가 달라질 수
있습니다.

숲으로 가는 나무의자

시인의 말

詩는 나뭇가지 사이를 옮겨가며 물었다
살아 있는지, 왜 살아야 하는지

질문과 해답 사이에서
나의 詩는 자주 더듬거리지만
흙집 생명이 소진하는 동안
세상과 함께 웃고 이야기하고 노래하며
영원한 영혼의 별로 가는 중이다

2024년 7월 수국정원에서
김향숙

〓 차례

2부

3부

4부

1부

무엇이 되었든 모두는

어린 나에게

가끔 그렇게 다녀오는 것이다

가장 깊은 것

끝이 없는 것은 그저 고요한데
훤히 보이는 바닥을 가진 것들은
서로 깊다고
서로 아득하다고

사이와 사이
그 사이와 사이의 사이

평생을
가장 높은 것과 깊은 것을 찾아다니다
눈이 먼 노인의
마지막 날숨 한 마디

'감은 눈眼이 제일 깊네'

모든 산의 눈물은 바다로 간다

직선으로 바다에 다다른 강물은 없다
혼자서 가는 강물도
울지 않고 바다로 간 강물도 없다

밀어내면 먼 길 돌아 흐르고
이 골짝 저 골짝 낯선 물길들 끌어안고
쫓겨나면 끝 모를 절벽
비명으로 뛰어내렸다

모든 산들의 눈물은 그렇게 바다로 갔다

바다와 사람의 눈물이 짠 것은
두 생애의 본성이 닮았기 때문이다.

담과 담痰

마주하고 담을 쌓는다
키를 넘기기 전까지
서로의 눈을 마주치지 않는다
견고해진 미움이 온전한 담이 되었을 때에야
날것의 역겨움을 간신히 밀어 삼켰다

어느 날
오른쪽 등 아래
담痰이 결리기 시작했다
누워도 앉아도 마뜩잖아
서성거리며 절뚝거리다
담에 기대어 섰다

담 너머로 감지되는 낯익은 기척
누가 나처럼 등을 붙이고
기우뚱 기대어 서 있나 보다.

암묵적 약속

나무 나이테는
바람의 속도를 꿈꾸지 않고
이 세상 모든 강물로 수심을 채워도
바다는 산을 오를 생각이 없다

열 손가락이
제일 큰 숫자였던 아이는
자라면서 어른의 셈법에 감염되었고
땅따먹기 놀이에 중독되었다

골목마다 저녁연기 피어오르고
부르는 이름 따라 돌아가는 집

하나 둘 셋…
사라져 가고
잊혀져 가고

해바라기 옆에
민들레 피어나 웃고 있는 길 위로

다시
낯선 아이들이 재잘거리며 뛰어간다.

숲으로 가는 나무의자

봄 깊어
수액의 향이 기억났을까
마른 옹이 관절들 추스르고 걸어간다

깊은 뿌리 내리고
초록 가지들 바람에 흔들리던 고향
물푸레나무 숲으로 가자
어릴 적 어머니 마을로 가자

무엇이 되었든 모두는
어린 나에게
가끔 그렇게 다녀오는 것이다

시간 많은 시간이 기대앉은
직선과 직각을 타고
그래도 봄 한때
속 핏줄 환하게 물오르는 나무의자

순한 계절의 노래

천천히 지나가는 풍장風葬
가을을 꼬박 새우고
겨울잠이 들었습니다

멀리 타클라마칸 모래바람이
팬플룻 음색을 고르는 동안
함박꽃 피려면 아직 멀었는데
산수유 향이 선잠을 깨웁니다

봄은 여름을 위하여
여름은 가을을 위하여 순하게 지나갑니다
머리맡 북극곰 발자국 소리 여전하고
해안과 산을 지나 마을로 들어서는
선한 바람이 길을 잃지 않기를

처연한 가을이 막을 내린 무대 뒤에서
겨울 졸음에 하얗게 눈이 감기고
어린 봄이 꿈속으로 파고듭니다.

이야기 한 곡

나뭇가지 흔들며 바람이 지나간다
잎사귀들 부딪치는 음색 어디쯤에서
그녀는 악기를 연주하듯 이야기를 시작했다

아다지오로 열리는
플룻과 오보에의 점점 높아지는 한숨
첼로의 활이 살을 길게 베어 긋는다
정수리에서 발끝까지 거침없이 두들기는 건반
모든 악기들은 상처를 참는 것이다

기진한 무대 위의 오케스트라
핏빛 가슴 옷섶 여미며
그녀가 일어섰다

돌아선 표정 뒤로 남은 이야기들
저물 무렵의 긴 그림자 엔딩

책 속에서 길을 잃다

휘적휘적 걸어가다
쉼표에서 숨 쉬고
마침표에서 멈춘다
때로는 유려流麗하고 깊어
몇 번이고 제자리를 맴돌았다

이상理想의 오르막길과 난간
힘에 부친 발걸음
마음 다잡고 다시 올라도
가파른 정상은 까마득한데
울창한 문장의 숲에서
길을 잃었다

나는 아직 책 안에 서 있다.

수신호 마네킹

지나가는 트럭의 짐칸
'공사 중' 간판과 함께
반쯤 접힌 수신호 마네킹이
노란 신호봉을 꽉 쥔 채 출근을 한다
세워다 놓고 전력만 넣어주면
온종일 반복되는 단순 동작
오늘은 어느 공사장에서 근무하는지

쉬지도 못하고
길가에서 고생하는 게 안돼 보여서
어떤 호호 할머니가
믹스커피를 타서 권해 보았지만
들은 체도 않고 신호봉만 흔들었다던
엄청 성실한
그 사람 수 신 호

할머니 혀를 차시며 결국 돌아서다 물으셨다지
'대체 얼마나 받으시우?'

소멸의 경계

반듯한 수평선을 가진 바다가 있을까
바람 없는 가슴을 지닌 사람이 있을까
물푸레나무숲도 가지들 부대끼며 자라고
깊은 강물 속 돌들도 부딪치며 내려가는데

한 생애의 파도가 달려와 스러지는
바다와 육지의 경계
먼바다에서 온 너도
사람 사는 마을에서 온 나도
모래톱 위로 흔들리며 지나온 발자국
사라지는 것 멈춰 서서 뒤돌아보며
그리 쓸쓸한 일도 아니라고

갈매기 몇 마리
지워진 내 발자국 위로 날아 앉아
오종종한 흔적으로 발을 적신다

우리 살다 간 흔적도 그렇게
누군가는 남기고 누군가는 지우고

그저 돌아서며
그리 아픈 일도 아니라고.

그 너머의 간절함

간다 간다 하는 사람을
그냥 보내지 마십시오
붙잡히고 싶도록 사랑한다는 신호를
놓치지 마십시오

마음에도 없는
한숨같이 헛나오는 말
지나는 길에 들렀다는 사람을
쉬이 보내지 마십시오

보이지 않는다는 이유로
그 너머의 간절함을 외면한 벌로
온 생애를 외로워하지 마십시오

부재를 통해서
그의 소중함을 알아버리기엔
인생은 너무도 짧기 때문입니다.

관절을 만지며

입춘 지나면
뿌리에서 건너오던 수액의 향
마른 옹이 관절마다
살아나는 기억들

젊은 물푸레나무숲 물오르는 소리
나무의자처럼 귀 기울이면

가다 가다 묶어둔
매듭 하나둘
통증도 하나씩 쉬었다 간다.

토왕성 폭포

벚꽃눈 몇 잎 머리에 얹고
설악에 들었다

비룡폭포 가는 길 홀리듯 들어서면
연초록 사이로 드문드문 산벚나무
아직 붉은 꽃눈들

토왕성 폭포 오르는 길은 울기도 쉽고
폭포에 다다르면 통곡도 쉽다

사는 게 그렇구나
눈을 닦으며 일어서면
서늘한 무지개가 해답처럼 둥글다

때로는 아픈 봄날도 있어
벚나무 사이로 올려다본다
저기 먼 토왕성 폭포

오늘 저녁

우리가 절박한들 폭포만 하겠는가
우리가 슬픈들 깊은 강물만 하겠는가
모든 강물로 수심을 채워도 다다를 수 없는 하늘
우리의 그리움이 바다만 하겠는가

자릿수 늘어가는 정답 없는 셈에 갇히어
길 위에서 강둑에서 서성이는 사람들
그 발치에서도
제 세상 환하게 피워 낸
하얀 풀꽃의 시간

바람은 아무것도 모르는 척
모두를 쓰다듬으며 숲으로 가고
오래전 예정된
오늘 저녁이
멀리서부터 천천히 오고 있다.

바람아 이제는 불어도 된다

쌓아도 쌓아도
그 이상이 될 수 없는 높이

오래된 꿈 치열하게 지은 집
큰 바람 한 번 지나자 흔적도 없는

금세 다 흘러내리는 빈 시간을
서둘러 뒤집느라 매달렸던 온 생애

달라지지도 자라지도 않을 고단에 누워서야
내 이름이 모래였음을 알았다

바람아 이제는 불어도 된다.

파도로 살아내기

흔들리는 법을 먼저 배웠다

해안에서 다시 먼 해안으로
줄이어 돌아서는 평생의 노역

태풍은 솟구치며 달리라고 다그치는데
내 거친 숨길을 거슬러 오는 고래 떼
초록 숲 섬들을 휘돌아 나오면
수평선이 거꾸로 서 있기도 했다

철마다 빛나는 옷을 차려입은 먼 산과 언덕
뿌리를 가진 것들은 늘 한 자리
참 고즈넉이도 서 있다

쉼 없이 밀려드는 강물 속 깊이 들끓는 모랫바닥
다독이고 돌아서는데 급한 전갈이 온다
큰 너울이 오는가 보다.

속초 바다에서는 달도 해처럼 뜬다

훤칠한 빌딩 숲
한강을 건너는 늘씬한 다리들
디저트 카페 폴딩도어 밖으로
반짝이며 흐르는 차량과 사람들의 물결

가끔은 서울과도 잘 섞이나 싶다가도
사흘을 못 넘기고 돌아서는
부릅뜬 팔꿈치, 입김 역한 도시 멀미

속초 바다에서는 달도 해처럼 뜨는데
서울은 해도 달처럼 뜨더라.

아직 여기에 있네

사람의 손을 잡는다는 것
참 쑥스러운 일이라
자주 못 하고 살았네

따뜻한 눈빛으로
좀 천천히
그 눈 마주 보지 못했고
웃음도 인색했었네

나를 세우고 버티는 힘은
정작 견고한 침묵이 아니었네

혼자만의
가을이 되고 겨울이 오네

해 뜨고 달 지는 창가에 서 있다가
볼 때마다 낯선 거울 앞에 서 있다가

물음도 대답처럼
나 아직 여기에 있네.

멈춘 괘종시계

시계추 늘 고개를 저었지만
언제나 옳았던 세월 읽기

평생 밥 먹이고 닦아 키우신
할머니 떠나시자
톱니가시 맞물린 통증
심장도 멎었다

해 길어진 봄날
아침도 좋고 저녁도 좋은
여섯 시 이십 분

오래된 인사

해 달 별은
눈인사로 제 길을 가고
나무들은 선 채로 늙어간다

우연이 필연이 될 줄 믿었던
젊은 날이 있었다

기다림도 나이가 드는가 보다
아침이 오고 저녁이 가고
봄 오고 가을 가고
한 줄의 문장이 낡아간다

'언제 한번 만나자'

2부

반짝이는 것들은 왜 다 풍요로워 보일까
강변을 따라 흐르는 불빛의 행렬
모두 따뜻한 집으로 가고 있는지

씻어내기

못이 박힌
상처투성이 귀 씻으러 왔다

내친김에 따끔거리는
눈엣가시도 씻어 낸다

귀 씻으러 왔다가
정작 입을 씻는 일이
제일 힘들다.

말ᵣ 다이어트

난감하다
나이 들수록 많아지는 말
남은 세월 건너기 위해
말에도 다이어트가 필요하다

타우라스 고산 독수리 서식지를
돌을 물고 날아 넘는 두루미 떼처럼
3년 동안 입에 돌을 물고 침묵을 배운
수도사 아가톤처럼

사람을 만날 때마다
주머니 속 돌멩이 달아오르도록
입속인 양 만지작거린다

침묵

과녁

찌르는 것이 있으면
찔리는 것도 있다

악다물고 가슴을 내밀지만
날 선 화살촉은 사정없이 꽂혀 든다
비명은 환호에 묻히고
찔릴 때보다 뺄 때가 더 아픈 심장

수많은 이름 중
어쩌다 과녁이 된 나의 상처를
멀리서부터 달려온 바람이
고개를 외로 하여
불어주고
쓰다듬어주고 간다

눈물 닦고
가슴 펴고
다시 과녁이 된다.

앞니가 빠졌다

어마어마한 선물이
한꺼번에 내게로 왔다
겸손, 침묵, 절제, 조신

거울 앞에서
처음으로 정직하게 웃었다

하찮은 일로 빠져나간
앞니 하나

하나님께서
머리를 숙이도록
슬쩍 눌러주신 것이다.

인내는 너무 써서

청소시간 마루를 닦다
까마득한 이층 계단을 올려다보면
언니들 교실 들어가는 복도 벽에
세로로 길게 늘어뜨린 한문 섞인 족자 한 폭

'忍耐는 쓰다 그러나 그 열매는 달다'

忍耐라는 쓴 나무는 어떻게 생겼을까
그 열매는 얼마나 달고 맛있을까

다 커서 그 뜻을 알고 난 뒤에도
인내는 너무 써서
나는 지금까지도 그 열매를 맛보지 못했다.

민들레가 담을 넘는 법

궁금했던 것이다
보이는 세상 말고
담 너머의 세상

담쟁이 줄장미도
손가락 움켜쥐고 올라가는데
등 기댄 담 아래
민들레

노란 꽃송이
지나던 바람 불러 속살대더니
바람 타고 훌훌
민들레 씨앗들이 담을 넘는다
담쟁이 줄장미도 갈 수 없는 하늘길

담 너머의 세상
민들레는 그렇게 날아갔다.

숙제

적당하다 또는 알맞다는 것은
완벽이다
자연스럽다 또는 수수하다는 것은
최상의 아름다움이다

거품은 빼고
웃음은 더하고
자존감은 높이고
목소리는 낮추고

간단한 셈법인데
이 숙제가 평생 어렵다.

던져진 질문을 들고

수직 계곡의 거친 바위틈
어디서 날아왔는지 빈 창틀이
중간쯤에 비스듬히 박혀 있다
거센 바닷바람에
단단히 갇힌 네모 창문

좁은 바위틈새와 무한 확장 사이
안과 밖의 경계
그 영역의 가치와 의미를
무엇으로 잴 수 있을까

들어가는 중인지 나가는 중인지
그 질문 어디쯤에서
겨우 버티고 매달려 있는
소금기 붉은 시선의
내 아바타

얼음판의 맨발들

비명을 배경으로 몰고 온
바람에게 들었다

맨몸으로 강을 건너던
서럽고 추운 이들
하나 둘 셋 넷…
빨갛게 언 맨발들 모여와 끌어안고
멈추어 선 한복판

슬픈 무게를 견디다 못해
비명으로 내려앉은 얼음장

고개 허리 번듯하게 편 적 없는
목울대 체한 사람들
발바닥에 그려진 평생의 이력
얼음판에 찍으며 한꺼번에 몰락하다

그 유언 받들고 바람이 지나갔다.

지상의 불빛

거친 나뭇결 거슬러 쓸어 만지듯
삶의 감촉은 자주 상처가 된다

불 지필 창문 하나를 위하여
오늘도 길 위를 떠도는 사람들

반짝이는 것들은 왜 다 풍요로워 보일까
강변을 따라 흐르는 불빛의 행렬

모두 따뜻한 집으로 가고 있는지.

환절통

바다로 숲으로
철없이 내달리던 때가 있었다
늦은 잠도 달았고
아침은 언제나 가벼웠다

한 계절 저만치서 오고 있는데
사이시옷처럼
비집고 들어서는 환절통

젖으나 마르나 마뜩잖아
한쪽 슬쩍 고여도 보지만
그예
조금씩 기울어지는 흙집*

계절 지나가는 길목
어김없이 지키고 선
낯익은 인사가 불편하다.

* 흙집 : 흙으로 지음을 입은 사람(성경).

천국 찾기

사랑했던 사람을 흙에 심은 사람들
그 흔적 바람에게 들려 보낸 사람도
그리워질 때는 하늘을 본다
착한 사람들은 모두 하늘나라로 떠난 게 분명하다

헨젤과 그레텔의 빵조각처럼
별들은 그에게로 가는 길 따라 반짝거리고
커다란 눈을 만드는 세상의 천체과학자들은
어쩌면 천국을 찾고 있는지도 모른다

나도 그리운 사람 몇 저 하늘에 있어
저물면 저문 대로 별밤 늦도록
목울대 늘여두고
하늘을 바라보는 것이다.

하트랜드*

뉴욕의 동쪽 하트 아일랜드
에덴을 상실한 아담의 흔적 위로
눈물 골짜기 지나온 차디찬 껍질들
쌓인 관마다 아무렇게나
이름을 적고 묻는
무연고 시신 공동묘지

잠시 추모의 눈시울 붉어지다
문득,
남루한 인생
외롭고 고단한 몸을 벗어버린 사람들
그 영혼 얼마나 가볍게 날아올랐을까

오히려
웃음소리 노래 함께
천국으로 향하는 터미널

축제의 섬
하트랜드

* 하트랜드(Heart Land 2020-궁극적 욕망) : 김선영 조각가 작품전에서.

맛탄사

일찍이 짠맛 쓴맛 다 보았다

굵은소금 이마에 켜켜로 얹고
햇볕에 절여지는 항아리들
된장 막장 간장 고추장

간간 짭짤 달짝지근 감칠맛은
함께 곰삭은 세월의 손맛이다

고추장을 떠 담고
잠시 허리 젖혀 세우는데
지나가던 바람이 맛을 보다 재채기를 한다

감탄사가 분명하다
시큼털털 시시콜콜은 아닌 게 분명하다.

하늘지붕

높은 산들을
사람들은 지붕이라 불렀다
알프스 히말라야 킬리만자로

빨갛게 언 두 손으로
머리를 가린 사람들
저무는 저녁
우리의 눈비 긋기엔 너무 먼 지붕

높은 산들도 지붕이 필요하지 않을까
산의 지붕이 하늘이라면
내 지붕도 하늘이라 하고
시린 손 내리고
그저
오는 눈비 맞으며 살기로 한다

알프스 히말라야 킬리만자로
그리고 가난하나 우리들의 지붕
저 하늘 있으니.

즐거운 착시

큰 산맥 위로 서너 배
검푸른 구름이 높다
히말라야 능선인 양
가슴 뛰는 환호

산을 달려 오른다
높이 날면 먼 곳이 보인다던
조나단 리빙스턴, 네 말이 맞다
파노라마로 열리며
확장
확장
확장
눈이 커진다

오랜 뒤에야 내가 보인다
까마득 산 아래 마을
언덕에 선 채 손을 흔드는
점 하나의 작은 아이

또 다른 나 하나쯤
높이 멀리 띄워놓고

그렇게 살기로 한다

지금도 가끔
바람이나 구름 속
하늘 어디쯤 날아가고 있을.

끝!

누가 코드를 꽂았을까
점점 뜨거워지며
빠르게 돌아가는 턴테이블
가운데서 바깥으로 내달리는
저당 잡힌 원심력

뛰어야만 한다
리듬을 기억해야 한다
무섭게 빨라지는 속도
발바닥에서부터 올라오는
화상보다 뜨거운 분노

허공으로 열린 끄트머리 길
헛디디고 멈추어 튕겨지거나
마지막 발자국 찍고 사라지거나

누군가 깃발을 올렸다 내린다
끝!

관점의 각도

높이 걸린 창문턱 위에
작은 돌멩이 하나 올려놓았다
보인다
겹겹의 먼 산들과
숲을 지나는 바람

오래된 마을
커다란 나무와 낮은 지붕들
골목길 돌담 아래 돌멩이를 놓아두고
멀찍이 서서 바라본다
마을의 역사와 함께 지나온 옛사람처럼

높은 산 정상
광활한 풍경 위에 나를 세워두고
먼 하늘
사선斜線의 각도에서
또 다른 시선視線으로 내려다본다

무한과 순간이 드나드는 관점의 경계
내 안의 나
나 밖의 나

나무들의 절벽

바람은 밀어내고
눈비는 허물어 냈다

아뜩한 절벽 아래
파도는 온종일
뛰어내리라고 포기하라고

뿌리 서로 껴안은
도도한 생애
적시면 젖어가고
흔들면 흔들리며 간다

산다는 것은
죽음을 참는다는 것이다.

휙!

무슨 꽃
어느 별이 피고 지는지

서로 부대끼며
앞만 보고 달리며
오늘 하루도 살아 낸 사람들

바람이 지나가며 설핏 주고 간 소리
휙!

이웃들에게
인사도 웃음도 다 나누지 못한 채
나도 지금 사라지는 중이다.

3부

너무 멀리 던져버린

부메랑

그믐달

가끔 저도 멀리서
슬픈 안색으로 내려다보는

너무 멀리 던져버린
부메랑

나 여기 있어요

민들레 씨앗들 바람 타고 날아
서로 다 헤어진 어느 산 아래

언 땅 녹은 봄
저 혼자 피어나 불러 보는 말

'엄마'

눈사람 그림자

동그라미 두 개로 태어난 사람
온몸이 눈물인 사람이 있다

그칠 수 없는 속울음
다 울고 나면 생을 다하는 사람

그 눈물 닦아줄 수도
그 울음 멈추게 할 수도 없어

섰다 앉았다
이제는 쓰러져
혼자 임종을 지키는
젖은 그림자

한 그루 도서관

여름내
참새 곤줄박이 까치가 앉아 읽던
나뭇잎 책들
비도 구름도 햇살도 읽었다

바람이 다 읽고 보내 준 책들은
다람쥐가 읽고 벌레들이 읽었다

겨우내
나무가 이야기를 만드는 동안
기다리다 못한 딱따구리가
자꾸만 재촉을 한다

어서 책 만들어 주세요
도서관 문 열어주세요.

가고 오는 일

흰 눈 벗은 먼 산으로
연두 초록이 천천히 오고

긴 꼬리별 인사로 지는 별들

떠나고
지워지고
잊혀지고
아름다워라

내 떠난 의자에 앉아
아이 하나 웃고 있네

버려진 열쇠

하늘 훤하고 바람 멀리 흐르니
감옥인 줄도 모르는
독방의 무기수

단 하나의 사랑

금속성 비명으로
네 안에 들어서는 꿈

울산바위 보름달

보름달이 기우는 것은
울산바위 때문이다
겨우 둥글어진 보름달
조심스레 넘어서도
끝내 짓궂은 뾰족 바위

울산바위 꼭대기
나무가 자라지 못하는 것은
보름달 토끼네 방앗간
떡가루 콩가루 쏟아졌기 때문이다

그래도
달은 몸 부풀려 토끼를 키우고
토끼들은 떡방아를 찧고
보름달 가만가만 울산바위 넘는다.

상사화

너 붉게 다녀갔다는
빈 세상 그 자리

나 피어나
푸르게 울다 간다.

청호동 바닷가에서

내가 죽었다면
그것은 목울대가 메었기 때문이다

아바이 등짐에서 내린
다섯 살 속초 청호동

붓펜 잡으시던 아바이는
오징어 명태를 잡으셨고
두고 오신 통천 어마이 손을
허공으로 잡고 떠나셨다

갈매기들 모래밭에
울며 받아 적고 울며 읽은 이름들
유언은 그것으로 충분하다.

시 읽는 아이

시 읽는 아이야
네 모습
그대로
시가 되어서

바람도 멈추고
가만히
너를 읽는다.

수묵 설경

먹 붓 몇 점 흐르다 멈춘
하얀 수묵화
설악雪嶽이라 이름한 이유를 알겠다

저 아뜩한 겹겹의 설경이 되려고
누구는 엊그제 산행을 나선다 했지

심장에서 돌기 시작한 서늘한 핏줄기
때 묻은 눈眼을 눈雪으로 밝히며
공룡능선 갈피 어디쯤
나도 그곳에 있고 싶다.

언밸런스 저글링

두 개쯤이야
귤이나 골프공 정도는 나도 가능해

세 개로는 쉽지 않아

누가
크기와 무게와 온도가 다른 것으로
저글링을 하는 것일까

해와 달 그리고 지구

체중계

고산지대에는 수목 한계선이 있고
특별한 곳에는 출입 통제선이 있고
우리 집에는 무게 절제선이 있다

숨을 참고 살그머니 올라서며
오늘도 같은 생각

인내와 절제의 인생 기록
딱 거기까지.

첫 모란 피네

붉은 붓점 봉긋하다
끝내
한 겹 한 겹 다 열리고 마는
노오란 속살

곁눈으로
가만히 지나다니며

모란이 지기까지
우린
해마다 서로 부끄러웠네.

저녁 산책

뒤뜰로 난 숲길을 지나
낮은 언덕 위
붉은 노을과 마주 서면
어깨 위를 돌아 흐르는 바람

저녁 산책은
늘상 은밀한 사치이지만

노을과 바람과 나는
서로 다른 길을
그저 지나가는 중이다.

한 여자와 울며 갔다

시내버스 안
창문 쪽으로 얼굴을 돌리고
한 여자가 손수건으로 입을 막고 울고 있다
자세히 보지 않으면 알 수 없는
숨죽인 울음

손잡이를 붙잡고 선 채
내려야 할 정류장을
지나치고
지나치고
함께 흔들리며 갔다.

약 할머니

늙은 건 모두 약이라고
옆집 할머니 담 위로 넘겨주신
오목오목 세로줄 선명한 호박
그러고 보니
지난번 주신 누우런 노각도
약이라고 하셨지

호박도 오이도
오래 익어 약이 되는데
나이만 늘어가는 나는
늙은 호박, 노각을 먹어도
약이 되지 못하는지

자꾸만 좋은 것을 나누어 주시는
옆집의 약 할머니
아직 철도 덜 든 나는
얼마나 더 익어야 약이 되는 것일까.

장마

숲도 호수도 마을도
숙이고 듣는다

천만 개의 첼로가
활을 무겁게 내리긋는
우울한 연주

멀리서 누가
길고 아픈 편지를 읽고 있다.

그 남자의 신발

지구를 굴리는 일은
얼마나 고단한가
쉽지 않은 세상
바닥은 늘 안쪽부터 닳았다

덧대어도 덧대어도
타협 없는 평생의 과로
끝내 기울고 마는 생애

태생이 과묵이라
몸을 떠난 신발이
비뚤어진 입만 크게 벌리고 있다

유언은 아무도 듣지 못했다.

모란을 찍다

사진기를 들고 가까이 다가갈 때
얼굴이 더 붉어지다
저도 살짝 웃어 주었다

찰칵 소리 듣고 파르르 놀라다
시침 떼고 다시 도도해지는
붉은 모란

돌아서면서
나도 얼굴이 뜨거워졌다

붉은 모란은 여전히 야하다.

4부

지구나 달이
가끔 서로에게 제 그림자를 얹는 것은
따뜻한 안부
정중한 입맞춤

그 사람의 수레바퀴

그가 나서면 바퀴들도 줄을 긋기 시작한다
심장과 몇 개의 뼈들을 껴안은 동그라미
둘이서 나란히 굴러간다

얼마나 깊이 파였는지 얼마나 멀리 갔는지
매일 길 위에 덧칠되어가는
두 줄 노역의 기록

하루치 그의 가치를 셈하는 저녁 고물상
폐지가 지폐로 바뀌는 순간
빈 수레는 어찌 더 무거워지지만
득달같은 내일이 달려오므로
휘청거리는 손수레를 돌려세운다

바퀴 두 개가
비뚤거리는 선을 그리며 집으로 간다.

발바닥 지문

그가 누우면 나는 세운다
하루의 기록을 지우는 시간이다

내 주인은 오늘 신을 세 번이나 갈아 신었다
나는 그가 가는 장소나 만나는 사람들에 대해 생각
할 겨를이 없다

온종일 그를 누르는 삶의 무게와
신발 바닥이 전송하는 요철의 부호가
머리에서 관절과 근육, 신경을 따라
발뒤꿈치와 발가락까지 전송되는 동안
입력된 공식을 신속하게 계산하여 정답을 산출해 내
야 한다

어떻게 중심을 잡아야 하는지
어떻게 다음 걸음을 내디뎌야 하는지

군데군데 눌어붙은 발바닥 지문
주인의 고단에 비례하는 내 하루치 노역의 역사가
지워지고 있다.

우리의 밤은 봄으로 깨어난다

밤 하나를 넘듯
겨울은 봄으로 깨어나고
늘 그런 아침처럼 봄눈을 뜬다

웃고 노래하고 이야기 나누던 생명들
부지런히 오고 떠나는 세상
심장에 손을 얹을 수 있다면
나는 지금 살아 있는 것이다

뿌리 끝이 간질거리고
수액의 향으로 몸이 기운다

빛의 날들을 지난 우리의 밤은
어디서 깨어나는지
봄이 분명하다.

싸리울타리집 할머니 이야기

싸릿대가 쉬웠다
아무리 촘촘히 엮어도 숭숭한
울타리 둘러 세운 작은 영역
초가삼간 툇마루엔 햇살이 충분했다

울타리 사이로 다 들키는 웃음과 악다구니
물소리 함께 목물하는 남자의 몸도 설핏 보이고
울타리 위로는
이 집 저 집 감나무 돌배 나뭇가지도
너나없이 몸을 섞었다

싸릿대 비집고 소쿠리 음식 오가던 구멍으로
소곤거리던 여인네들의 귓소리 정보
아예 사립문 밀고 쳐들어가기 일쑤였다고
숨넘어가는 소리로 떠들며 웃다 웃다
해거름이 되어서야 마른빨래 걷으러 돌아오곤 했다는
자주 들어도 재미있는 옆집 할머니 이야기

단호한 벽 충직한 문
고립이 자유가 되는 딴 세상에서

할머니는 자주
싸리울타리 옆집으로 마실 다녀오신다.

애호박을 좋아하시네요

첫 애호박이 알맞게 커 가고 있어
저녁 찬거리로 눈여겨 두었다
잡초를 매다 들어와
큰 유리문 마주 앉아 차를 마시는 시간

누가 우리 채마밭 안에서
배낭을 돌려 매더니
애호박을 따서 넣고 휘 돌아보는데
얼른 내가 숨고 말았다

집 뒤뜰
채마밭 가까이 지나는 산책길

애호박을 두어 포기 더 심어야겠다.

어린 날의 낮잠

잠이 잘 오지 않아
며칠째 커피를 마시지 못했다
마른 눈은 붉어 아프고
낮잠도 오지 않는다

단잠이 그립다

저녁 햇살이
칸칸이 지나가는 대청마루
마른빨래 접는 엄마 옆에서
이마가 따뜻했던
어린 날의 낮잠

그저 그런 단막극

선글라스를 벗으며 카페에 들어선다
'아 배불러, 커피는 내가 살게'
　전망 좋은 자리 골라 두고 빽빽한 메뉴판 앞에서 서
로의 결정장애를 근엄하게 비웃는다

　커피를 기다리는 동안 서론으로 서로의 패션을 가볍
게 논하다
　험난했던 명품가방 쟁탈전과 새로 산 구두 장인의
인물사와 원산지에 대한 무게 있는 토론이 오고 갔다
　4인 4색 커피가 탁자에 오르면
　본론으로 가족사와 건강, 텔레비전 드라마와 연예인
파일
　공유하는 낯익은 이름들이 도마 위로 처절하게 소환
된다
　막다른 길에서의 결론은 다시 핫hot한 카페와 맛집
이야기

　'그럼 다음에 거기서 만나'
　적당히 벼린 화살촉과 우아하게 펴서 올린 목선들이
일어선다
　〈

제로를 향한 숫자가 성실하게 줄어드는 심장을 장착한 80억의 인간들 중
  나름대로 행복한 이들의 희극도 비극도 아닌 그저 그런 단막극

  이쯤에서 예수 그리스도와 햄릿의 대사가 오버랩되며 막이 내린다
  '무엇을 입을까 무엇을 먹을까 그것이 문제로다'

나에게 문안하다

광풍 팬데믹이 지나갈 때는
숙이고 잠잠히 기다리는 것이다

사회적 거리 두기로
선이 사라진
점. 점. 점

마스크로 입을 막다
말문까지 닫아걸었다

오랜 침묵 끝에
슬며시
일흔을 앞둔 나에게 문안 인사를 한다

그동안 잘 있었는지
어떻게 지냈는지

그런데 왜 눈물이 날까
나는 슬픈 사람이었나 보다
인사가 너무 늦었나 보다.

배추가족

상처를 내지 않고서는
아무도 이 가족을 떼어낼 수 없다
초록빛 안 노란 속살까지
깍지로 무장한 결속

둘러 묶인 끈 안에서
태풍과 폭염을 덮어낸 흔적
누렇게 벌레 먹은 겉잎 몇 장
바람에 너덜거린다

팽창의 기운 가슴에 끌어안고
늙은 주름으로
너풀너풀 웃으시는 것이다.

3대 가족 나들이

아이들은 놀이기구 위에서 큰소리를 지르고
노인은 그늘 의자에 앉아 구경한다

얼굴이 벌건 아이들은 아이스크림을 퍼먹고
노인은 떨리는 손으로
따뜻한 믹스커피를 받아 든다

아이들의 웃음소리에
엄마 아빠는 사진을 찍고
노인은 지팡이 머리에 졸음을 기댄다

할머니 벽마다 붙잡고
겨우 들어와 누우신 방
부부는 짐 정리하고 저녁밥을 차리고
손자들은 아직 뛰어다닌다

저 아이들의 아이는 무엇을 하며 놀까
또 그 아이의 아이는
무엇으로 세상을 뛰어갈까

버선발로 긴 줄 그네 타고

댕기 머리 펄썩 널 뛰던 날들
할머니 곤한 잠은 그래도 아름다웠다.

양철필통이 넘어왔던 풍경

어릴 적 책상 위 반으로 나뉜 직선
내 책과 필통은 자주 넘어서는데 짝이었던 남자아이
는 한 번도 선을 넘어온 적이 없었다
그의 필통 속에는 뾰족하게 깎아놓은 연필들이 키를
맞춘 채 늘 가지런했다
말수가 적고 그림을 잘 그렸던 기억이 난다

여름 방학이 끝난 초가을쯤 내가 전학을 가게 된 마
지막 수업 시간
책상 위의 선을 반쯤이나 넘게 그 아이는 필통을 밀
어놓았다
처음이었고 그것뿐이었다

좋은 것과 나쁜 것, 되는 것과 안 되는 것
밟히고 넘어서는 세상의 단호한 직선들 사이에서
나도 경직된 인간이 되었나 보다

책상의 선 위로 가만히 넘겨 보내던 그 아이의 양철
필통 생각이 난다
꼭 그때가 아니면 다시 오지 않았을 흐름을 타고 가
만히 밀어보던 은유

지금쯤 나만큼 나이 들었을 그 남자가 부옇게 그리워지는 것이다.

천천히 살아남기

어릴 적 물레방앗간의 물레를 타 본 적 있다
동네 오빠들이 덜렁 들여다 놓고 발을 점점 세게 굴
려서
빨라지는 속도에 기를 쓰고 뛰었다
큰 물소리와 함께
이가 나간 판자 사이마다 물이 철철 떨어져
빠진 공간을 피해 필사적으로 건너뛰던
춥고 무서운 기억

언니들 따라 늦은 저녁 학교에서 돌아오던 논둑길
양쪽 논의 물그림자가 붉은 햇살에 철렁거리고
앞서 지난 발자국을 따라가도 피해 가도
딛는 대로 휘청거려 허물어졌다
뒤따라오며 숨소리로 채근하던 언니들
한껏 벌린 팔에서 심하게 흔들리던 신발주머니

긴 줄넘기 술래들의 노래가 짜증이 나도록
나는 쉽게 들어서지 못했다
언제 들어가야 저 줄에 얼굴이 맞지 않을지
어떻게 들어가야 줄을 밟지 않을지
뒤로는 기다리는 아이들이 서 있고

숫자를 세다 노래를 따라가다 얼굴만 화끈화끈 달
아올랐다

　지금도 나는 에스컬레이터 앞에서 여러 박자가 늦고
　자리 없는 전철이나 시내버스에서도
　온몸이 내린 뿌리로 버티며 간다

　디딜 때마다 자주 바뀌는 정답
　어긋나고 무너지는 척추를 다독여 가며
　천천히 살아남기로 한다
　마침내
　멈춘 시간의 바닥에 닿을 때까지.

오래된 나무의자

오래전
아버지 손수 만드시고 앉으셨던 나무의자는
떠나신 지금도 식구처럼 정겹다
어디다 갖다 놓아도 어울리는 풍경이 되고
언제든 앉으면 한 몸인 듯 편했다

마당에서 처마 밑으로 창문 아래로 옮겨 다니다
다리 하나가 삐끗한 뒤로
커다란 벚나무 아래 멈춰 선 나무의자

벚꽃 피고 지고 세월 가는 일이
저 의자에 앉으신 아버지의 노래인 것만 같아
창문 밖으로 자주 눈길이 간다

대청봉 첫얼음 소식에
붉은 잎들 의자 위로 쌓이는 아침
아버지
추워지는데 이제 그만 들어오세요.

낯선 여행지에서

저녁이 오면
돌아오지 못하는 엄마를
기다리는 아이처럼
함께 눈시울 붉어지는 노을 시간

강 건너 먼 언덕 위에도
사람 사는 마을이 있는지
숲 사이로 하나둘 불이 켜지고

낯선 이름표들을 가슴에 단
마을버스가 지나간 정류장
혼자 오래도록 앉아 있었다

검은 적막이 아득하다.

사는 연습

멈추고 생각하고 말하고 행동하고
참 쉬운 이론인데
행동하고 말하고 생각하다 멈추어 보니
왜 또 그랬을까

적잖은 세월 보내고도 사는 연습 아직 서투르니
막상 깨달아 익숙해지면
멈추고 생각하고 말하고

떠날 때가 되겠지.

갈대숲으로 가야지

목울대 메인 숨 쏟아내러
갈대숲으로 가야지

별빛 눈물 툭툭 받아내는 호수에게서 배운
그래, 그래
허리 에어내는 살얼음 물살에도
그래, 그래
잠시 머물다 날아가는
북녘 철새 떼의 뒷모습 아스라이
그래, 그래

세상이 다그치는 정답이나 해명이
힘에 부쳐도
흰머리 남루한 갈대숲
뿌리 맞잡고 혹한을 건너가는데

'임금님 귀는 당나귀 귀'
목울대 트고 돌아간
옛적 먼 소문의 이발사처럼
화진포 갈대숲으로 가야지.

파상풍

가슴속
녹슬어 가는 대못
쇳내의 멀미로 흔들리며 간다

대못 하나만 무늬로 남을
내가 먼저 녹아내릴 용광로
차마 뛰어들지 못하는 것은

내가 찌른 대못도
누군가의 혈관
불치의 통증으로 번져가고 있는지

아직 용서받지 못하여
더 아픈 벌
멀리서라도 견뎌내야 하기 때문이다

깨어지고 부딪치며 상한 쇳내로
내 안을 내달리는 바람
파상풍

참나무숲처럼

도토리 상수리 굴참 갈참 떡갈나무
참나무들 깊은 산 가득 자라는 것은
다람쥐 청설모가 열심히 숨겨놓은 도토리 때문이다
미처 찾지 못한 열매들이 여기저기서 싹이 튼 때문이다

어머니와 아기들 울음소리 들리는 마을이 있다
욕심 많은 부자들이 숨겨 두고 문을 잠근 음식은
싹이 돋지 않아서 나갈 수가 없어서
배고픈 사람들은 오늘 밤 어떻게 잠이 들까

폭설의 깊은 산
짐승들의 먹이는 헬리콥터로 내려왔다
산양 노루 새들도 그렇게 추운 겨울을 살아내는데
먹을 것이 없어 울다 스러져가는 아이들

봄 여름 가을 겨울 순한 계절이
가난한 마을을 지나고
참나무숲 동물들의 세상을 지나
바람의 옷자락에 눈물을 닦으며 간다.

크게 말하지 않아도 되는

둥근 탁자 하얀 천 위로 찻잔이 놓이면
김 오르는 차향도 가만히 말을 섞는다

마른 찻잎을 우리거나 커피를 내리는 동안
달그락거리는 컵과 티스푼 소리를 배경으로
차의 원산지와 여기까지 오게 된 이야기들

창문으로 햇살이 옮겨가는 것을 느끼며
여행지에서 시를 쓴 어느 시인의 이야기와
요즘 읽는 책들의 주제가 찻잔 안으로 가라앉는다

천천히 마시는 찻잔에
넉넉한 온기를 채우는 시간

적당히 오래였으나
크게 말하지 않아도 되는.

친근한 묵화

별의 그림자는 어디에 가서 닿는지
바람의 그림자는 어디로 흐르는지

지구나 달이 가끔
서로에게 제 그림자를 얹는 것은
따뜻한 안부
정중한 입맞춤

함께 태어나
함께 나이 들어가면서도
기록 한 점 남기지 않는
친근한 묵화

그림자
가볍게 다녀가다.

감칠맛 나는 시의 행간으로 들어갔다

이 하(문학박사, 경동대학교 교수)

1. 서로 다른 길을 그저 지나가는 중에

하지를 며칠 앞두고 김향숙 시인으로부터 발문 청을 받았다. 매우 조심스럽고 정중한 부탁이었고 다소 어중간한 응답의 행간에서 수락의 기미를 읽으셨다며 원고를 보내오셨다. 글 쓰는 거야 직업이니 덤덤하게 받아들였다. 연구실이든 거실이든 틈틈이 김향숙 시인의 〈숲으로 가는 나무의자〉 시 원고 뭉치를 꺼내 읽었다. 그러는 동안 서너 번 때로는 그 이상 읽고 틈틈이 해둔 메모에서 신기하게도 일상 중에 돌기처럼 솟아오르는 시의 구절이나 이미저리가 환상처럼 떠오르는 시편들이 있었다. 자칫 내가 구상 중인 시인가 여겨질 때도 있고 보니 감상도 숙성되는구나 싶었다.

그런데 이상하지 않은가? 왜 낯설지 않지? 오랫동안 잘 아는 시인이고 익숙한 시 세계로 여겨지지? 가만있자… 새삼 새겨보니 시인의 작품을 평소 기회가 있을 때마다 접한 관계였기 때문이었다. 말하자면 독자였던 셈이다. 매년 발간하는 동인지 〈갈뫼〉에 수록된 작품을 빠짐없이 봐왔고 근래에는 페이스북을 통해 시나 일상을 접해왔기에 그런 착각 아닌 착각을 한 모양이었다.

일례로 나의 문학 수업과 블로그에 김 시인의 작품을 소개한 바 있었다. 문학 대담 시리즈에서도 '조각시는 일반시의 부분이자 전체다.' 편의 예시로 이번 시집에 수록된 「저녁 산책」을 들었었다. 몇 해 전에 나는 한국의 짧은 시 장르를 정립하면서 '조각시'로 명명하고 관련 시집을 내놓기도 하고, 조각시 세계를 문단이나 온라인을 통해 꾸준히 소개하고 있었다.

뒤뜰로 난 숲길을 지나
낮은 언덕 위
붉은 노을과 마주 서면
어깨 위를 돌아 흐르는 바람

저녁 산책은

늘상 은밀한 사치이지만

노을과 바람과 나는
서로 다른 길을
그저 지나가는 중이다.

-「저녁 산책」 전문

섬세한 시각으로 자연에 대한 서정을 잘 묘사한 이 시를 일반 자유시와 짧은 조각시와의 관계를 살필 수 있도록 조각시로 바꾸어 제시했다. 한 연으로 짧게 한 시의 임팩트와 시상의 함축, 같고도 다른 느낌을 이해시키기 위해 예시로 매우 적절했기 때문이다.

노을과 바람과 나는
서로 다른 길을
그저 지나가는 중이다.

-「저녁 산책」 * 김향숙 시를 조각시로 함

한편으로 문학 작품이 형성되는 배경 즉 작자와 사회 환경이 매우 밀접한 관련이 있으므로 이를 근간으로 분석하는 역사주의적 방법이 유용하더라도 모든 작품에 적용할 필요는 없다. 특수하고 예외적인 삶의 형태가 아니라

면 동시대를 살아가는 보편적인 생활과 사회, 역사, 시대
성 등은 공유되는 요소이므로 이를 살피는 데 크게 어렵
지 않을 것이라 보니 한결 부담이 적었다. 오히려 작품 자
체의 내적 구조를 온전하게 살핌에 있어서는 배경지식이
선입견이 되기도 하니 모르는 것도 나쁘지는 않아 보였다.

통상적으로 문학 작품의 해설이나 비평은 크게 보면 해
석interpretation, 감상appreciation, 평가evaluation 차원으로 대별하여
살펴볼 수 있다. 해설은 감상에, 비평은 평가에 비중을 더
둘 뿐이지 분석과 이해를 통한 미학성의 발견과 분별 되
는 가치 인식이라는 점은 공통된 목표이다. criticism 어원
자체가 그리스어 'Krinein'은 '가려내다', '평가하다'이고
보면, 한 시인의 시적 특성을 규명하고 변별적 가치를 발
견하는 일은 비평의 본연이라 하겠다. 그러므로 문학 지식
과 경험을 바탕으로 면밀한 성찰과 근거 있는 논리로 쓴
비평적 글쓰기는 제2의 창작 행위이기도 하다.
시집의 해설 또는 발문을 쓰는 일은 엄연히 평론이나
학술적 논문은 아니므로 즐거운 시 읽기가 우선이겠다.
문학 전문인이 아닌 평범한 독자를 위한 일이기에 이해하
고 공감하도록 안내하는 기술이 무엇보다 중요하다. 흔히
들 만나는 인상주의 글이라 하더라도 보다 근거 있게 입
증하기 위해 시어 빈도 조사를 하여 제시하면 좋을 듯싶

었다. 해설까지 읽는 충실한 독자에게 시어 사용 통계로써 흥미를 주었으면 했다. 다만 체언(명사, 대명사, 관형사)은 국한했다. 서술어 사용이나 시어 활용의 네트워크까지 살펴보면 좋겠으나 전문적 논문이 되고, 이 정도로도 시인의 표현 세계를 이해하는 데 많은 도움이 될 거라 보여 줄이기로 했다. 아무튼 이 글이 김향숙 시인의 작품을 좀 더 잘 이해하고, 시를 사랑하는 독자가 늘어나는 데 조금이라도 보탬이 되었으면 바람이다.

사실, 발문을 쓰기에는 시인을 잘 알지도 못하고, 시평을 쓰기에는 식견이 부족하고, 해설을 쓰기에는 독자의 자유로운 감상을 방해할 수 있으나 앞에서 말한 바를 미미하게나마 이루기 위해 다시 독자 입장으로 돌아가 정독부터 해 보기로 한다.

2. '정말, 그러네'와 '아하, 그렇구나'의 시

끝이 없는 것은 그저 고요한데
훤히 보이는 바닥을 가진 것들은
서로 깊다고
서로 아득하다고
〈

사이와 사이

그 사이와 사이의 사이

평생을

가장 높은 것과 깊은 것을 찾아다니다

눈이 먼 노인의

마지막 날숨 한 마디

'감은 눈眼이 제일 깊네'

－「가장 깊은 것」 전문

　시를 읽고서 갖는 생각이나 태도는 다양하고 헤아릴
수 없으나 대강으로는 두 가지 반응이 매우 중요하다. 공
감과 발견이다. '정말, 그러네'는 공감한 시이고, '아하,
그렇구나'는 발견하는 시이다. 감동을 주는 작품은 이 두
가지 또는 한 가지를 반드시 갖춘다. 여기에 시의 본질(본
연의 특성과 미학성 등)을 잘 갖추면 훌륭한 시가 되는
것이다. 근래 인기 시인 중에 다수가 감동을 주는 작품을
쓰기는 하나 시가 못 되는 이유는 시의 본질을 갖추지 못
했기 때문이다. 이를 두고 필자는 냉정하게 잘라 말한다.
'시인이 아닙니다. 글 잘 쓰는 작가일 뿐입니다.' 또는 '시
가 아닙니다. 짧고 좋은 글(산문)입니다.'라고 말한다. 반

대의 경우는 시의 본질은 지니되 감동이 없는 시이다.

그렇다면 김향숙 시인의 이번 두 번째 시집『숲으로 가는 나무의자』에 수록한 시편들은 모두 훌륭한 시일까? 소위 좋은 시일까? 결론적으로 말하면 시인 본인도 이 점은 부인할 것이다. 시인이 평생에 걸쳐 아주 절편으로 여기는 작품도 한 작품이면 족할 텐데 어찌 시집 전체에 욕심을 내랴. 그렇다면 시답지 않은 시를 남발하는 시인인가? 솔직하고 단순한 독자로서의 찔러보기를 해 본다.

집밥도 맛집도 많이 차려진 식탁 위에 꼭 한 가지 맛깔난 요리는 있으니 엄마 손맛을 치켜세우거나 맛집 명가가 된다. 시도 이와 유사하다. 시 한 편에 맛있는 표현이 있을 때 이 한 편의 시가 빛나고 시를 시답게 한다. 그리고 이를 지닌 평생의 수천, 수백 편의 시 중에서 한 편의 걸작이 탄생하는 것이다. 필자는 이를 만족하는 한 편의 시라도 있는 시집이면 아낌없이 사고 소장한다.

필자는 여덟 말마디 이하로 표현한 시를 '조각시'로 장르화했는데 김 시인의 작품이 조각시 읽기만큼이나 간결하면서도 감칠맛 나는 표현이 많아 감상하는 내내 즐거웠다.

미적 구현은 시인의 기교 능력과 관계한다. 미학성을 획득한 시행이 많을수록 시인의 역량이 어느 정도인가를 가늠할 수가 있다. 기교는 시의 표현 기법 즉 테크닉이다. 테크닉은 직업 분야마다 필수적인 요소이자 전문성을 변별하는 재주이다. 기교는 잔꾀 같은 기법이 아니라 시 전편에 흐르는 주제에 관여하면서 언어 예술의 장치로서 역할을 톡톡히 한다. 잠시 감칠맛 나는 시 행간으로 들어가 보자(시 인용은 부분적으로 따옴).

너무 멀리 던져버린

부메랑

– 「그믐달」 부분

해 길어진 봄날

아침도 좋고 저녁도 좋은

여섯 시 이십 분

– 「멈춘 괘종시계」 부분

그가 누우면 나는 세운다

– 「발바닥 지문」 부분

저녁 햇살이

칸칸이 지나가는 대청마루

– 「어린 날의 낮잠」 부분

122

그믐달이 부메랑 모양이라는 건 쉬 포착할 수 있다. 그러나 돌아오지 않고 있는 이유는 몰랐다. 너무 멀리 던져버린 부메랑, 정말 그러고 보니 그러네! 한다. 이 시는 비교하는 맛도 있다. 서정주 시인은 "우리 님의 고운 눈썹을/즈믄 밤의 꿈으로 맑게 씻어서/하늘에다 옮기어 심어놨더니"(「동천冬天」)이라 했다. 아주 유사하게는 「영반월詠半月(반달을 노래하다)」이라는 시에서 황진이가 "누가 곤륜산 옥을 잘라서/직녀의 머리빗으로 만들었나/견우 한번 만나 이별한 후/슬픔에 젖어 푸른 하늘로 던진 것을(誰斷崑崙玉, 裁成織女梳, 牽牛一去後, 愁擲碧空虛)"이라고 한 구절이 연상되어 은근히 미소 짓게 한다.

멈춘 괘종시계는 하루 두 번은 어느 시계보다 정확하지 않은가? 가수 나훈아 씨는 가는 청춘에 차라리 고장난 시계이기를 바랐지만 그도 올해 마지막 콘서트를 한다 하니 어쩌겠는가? 몸을 눕혀야 서는 신체 부위가 발바닥인 줄 「발바닥 지문」이 환기시켜 주었다. 대청마루 송판한 칸 한 칸 햇빛이 지나가면서 시간이 가는 줄도! 그러고 보니 그렇다.

이러한 시적 기교는 반짝이는 아이디어가 없으면 얻기 어렵다. 시인의 직관이 뛰어나야 한다. 이러한 감칠맛 나는 시 한 구절, 정말, 그러네! 하고 공감한다. 시인은 사물을 살펴 시적 묘사를 하고, 독자는 시를 살펴 사물을 구체화한다.

또 다른 반응은, 시를 읽는 동시에 또는 곰곰이 생각하고는 '아하, 그렇구나.' 함이다. 새로운 사실을 일러주거나 의미를 발견하게 한다. 이러한 시를 만나고 나면 그 시적 상황이 되었을 때 시에서 언급한 내용이나 의미가 떠오른다. 시인은 장맛비가 주룩주룩 내리는 날, 그 빗줄기는 천만 개의 첼로 현이고, 빗소리는 나직한 저음으로 켜는 연주음이라 했다.

천만 개의 첼로가
활을 무겁게 내리긋는
우울한 연주

– 「장마」 부분

비명을 배경으로 몰고 온
바람에게 들었다
(중략)
그 유언 받들고 바람이 지나갔다

– 「얼음판의 맨발들」 부분

고추장을 떠 담고
잠시 허리 젖혀 세우는데

124

지나가던 바람이 맛을 보다 재채기를 한다

―「맛탄사」 부분

상처를 내지 않고서는

아무도 이 가족을 떼어낼 수 없다

초록빛 안 노란 속살까지

깍지로 무장한 결속

―「배추 가족」 부분

시 창작에서 가장 중요한 점은, 시의 문예성 즉 창의적인 미학성이다. 이를 문예 텍스트성이라고도 한다. 텍스트 언어학의 권위자인 Beaugrande, B.(1997)는 적어도 의사소통의 도구로서 글이 성립하려면 7가지 텍스트성textuality을 갖추고 있어야 한다고 보았다. 결속, 결집, 용인, 상황, 의도, 상호, 정보의 성질을 지닌 자격들이다. 이 요소를 충족하여야 글은 텍스트로서의 구실을 할 수 있다는 주장이다. 시도 마찬가지다.

그런데 시는 특히 정보성informativeness으로 명작의 자질을 결정한다. 한마디로 말하면 정보성이란 새로운 사실이나 느낌의 제공이다. 일련의 형식주의자들이 제시한 '낯설게 하기'가 바로 이 개념과 밀접하다. 새로움이란 사물의 세계를 기존의 관념에서 벗어나 신선한 감각으로 보아

125

야 일어난다. 이러한 자질을 우리는 창의성이라 하기도 한다. 곧 사물(세계. 대상)에 대한 새로운 관찰과 시각, 의외성 있는 생각, 환기되는 공감이다. 정보성 즉 새로움이 없는 시는 식상하고 고루하다. 어떤가? 앞에서 제시한 감칠맛 나는 김향숙 시행들이 단순히 시적 기교만이 아님을 알 수 있을 것이다.

산다는 것은
죽음을 참는다는 것이다.
　　　　　　　　　　　– 「나무들의 절벽」 부분

인내와 절제의 인생 기록
딱 거기까지.
　　　　　　　　　　　– 「체중계」 부분

이제는 쓰러져
혼자 임종을 지키는
젖은 그림자
　　　　　　　　　　　– 「눈사람 그림자」 부분

　새로움이 내용 측면에만 있는 것이 아니다. 시적 기법은 형식 측면에서의 새로움이다. 일상의 문법에서 벗어나

126

기 때문이다. 일상 언어를 쓰지만 그 짜임은 일상적이지 않기 때문에 독자는 새로움을 느낀다. 축약, 메타포, 상징화, 역설이나 반어, 율격 등이 그런 기법이다. 그렇다고 이 표현 기법들이 모든 시마다 들어있을까? 그렇지는 않다. 이 기법 없이도 '내포하는 의미가 새롭고 깊어' 시적 감동을 주는 시가 많기 때문이다. 김향숙 시인의 내포적 의미는 숙성된 삶을 관조하는 숙성된 태도에 있다.

나이 들수록 많아지는 말

남은 세월 건너기 위해

말에도 다이어트가 필요하다

　　　　　　　　　　　　　－「말을 다이어트」 부분

담痰이 걸리기 시작했다

누워도 앉아도 마뜩잖아

서성거리며 절뚝거리다

담에 기대어 섰다

　　　　　　　　　　　　　－「담과 담痰」 부분

사이시옷처럼

비집고 들어서는 환절통

(중략)

조금씩 기울어지는 흙집

- 「환절통」 부분

참신하고도 절묘한 형식이나 내용은 평이하고 밋밋한 시가 아닌 공감이나 발견으로서의 시가 되도록 한다. 격조 높고 예술성 있는 시가 된다. 이러한 시 읽기의 끝은 깊은 감동이 마중 온다. 산문을 운문처럼 행갈이 한 요즘의 많은 글을 볼 때면 김향숙 시인의 시집을 참고 텍스트로 삼아보기를 권한다. 앞에서 언급했듯이 어찌어찌하다가 인기 시인이 되고는 그럴듯한 감성적 짧은 글(산문)을 봇물 퍼 올리듯 써댄다. 그러고는 버젓이 시(운문)라고 내건다. 일부 표현에 따라 장르 구분이 모호한 면도 있으나 시의 특성에 대한 전문적인 지식이 부족한 독자로서는 저명한 시인이 시라 하니 시로 여길 수밖에 없다. 그러한 시인들은 이 시집을 곱씹어 보라.

3. 시어 빈도로 가늠하는 시 의식

시는 생각을 함축한 글이다. 이 말은 시 또한 언어의 결정으로서 언어의 테두리 안에서 성립한다는 사실이다. 근본 도구가 말과 글이며 언어 의식의 통로를 통해 발현

된다는 점이다. 언어 자체를 도외시하고는 시 전반에 농축된 시 정신을 구명하기 어렵다. 김향숙 시인의 시 의식을 열어보는 열쇠로써 사람, 자연, 공간적 시어에 먼저 주목하고 이를 바탕으로 주제 의식을 살펴보는 일은 매우 흥미로운 작업이다.

시인은 구상에 이어서 자기 생각을 담는 데 적절하다고 보는 낱말의 선정에서부터 초안을 잡기 시작한다. 최선을 다하여 선택하는 언어 수집 행위는 의식적, 무의식적 언어 행위이자 시어의 근간을 이루는 사물(개념) 네트워크로서의 의미망 구조를 갖추게 한다.

이 시집의 시어 말뭉치에서 10회 이상 사용된 주요 낱말 가운데 사람과 관련된 체언(명사, 대명사, 관형사)은 사람 관계어는 대명사인 '나, 그, 그녀', 가족어인 '아버지, 어머니, 할머니, 언니'이다. 특정하지 않은 인간을 지목하는 일반 사람은 '사람, 우리, 서로, 남자, 여자'이다. [+사람]의 의미자질을 가지는 시어의 순위, 사용 빈도를 살펴보면 아래와 같다. (아래 표: [+사람] 낱말의 순위와 사용 빈도)

체언 (명사, 대명사, 관형사)	빈도수	조사 포함(곡용) 빈도수
나	51	나(7) 나는(11) 나도(7) 나를(2) 나만 큼, 나에게(5) 나의(1) 나처럼(1) 내(9) 내가(7) 내게로(1)
할머니, 어머니, 아버지, 언니	33	할머니(11) 할머니가(1) 할머니는(1) 아 버지(2) 아버지의(1) 아바이(1) 아바이 는(1)/어머니(1) 어머니와(1) 엄마(3) 엄 마를(1)/가족(4) 가족을(1)/언니들(3) 오빠(1) 동생(0) 할아버지(0)
사람	30	사람(6) 사람도(1) 사람들(7) 사람들 에(1) 사람들은(3) 사람들의(1) 사람을 (4) 사람의(4) 사람이(2) 사람이었나 (1)
아이	18	아이(3) 아이는(4) 아이들(1) 아이들은 (2) 아이들의(2) 아이들이(2) 아이야(1) 아이의(2) 아이처럼(1)
우리, 서로	24	우리(3) 우리가(2) 우리들의(1) 우리의 (5) 우린(1) 서로(7) 서로에게(2) 서로 의(3)
남자, 여자, 노인	11	남자가(1) 남자의(3)/여자가(1) 여자와 (2)/노인은(3) 노인의(1)
그, 그녀	10	그가(3) 그를(1) 그에게로(1) 그의(3) 그녀가(1) 그녀는(1)

표에서 보는 바와 같이 '나, 내'의 대명사가 압도적으로
많다. 1인칭 시적 화자로서 시를 즐겨 썼다는 점인데 '주
체 인식, 자조, 자위, 자의식, 자아성찰'적인 화자의 입장
을 반영한 까닭으로 보인다.

　　광풍 팬데믹이 지나갈 때는
　　숙이고 잠잠히 기다리는 것이다

　　사회적 거리 두기로
　　선이 사라진
　　점. 점. 점

　　마스크로 입을 막다
　　말문까지 닫아걸었다

　　오랜 침묵 끝에
　　슬며시
　　일흔을 앞둔 나에게 문안 인사를 한다

　　그동안 잘 있었는지
　　어떻게 지냈는지
　　〈

그런데 왜 눈물이 날까

나는 슬픈 사람이었나 보다

인사가 너무 늦었나 보다

- 「나에게 문안하다」 전문

가족은 누구에게나 소중하고 사랑 자체이자 안식처이
다. 이 시집에서 가족어 빈도가 낮음은 의외다. 직계가 아
닌 이웃으로 '할머니'를 썼고 '할아버지'와 '동생' 시어는
보이지 않는다. 시인에게 가족사를 물어보지 않았다. 굳이
밝혀 시를 볼 필요는 없어서이다. 깊은 정감을 드러내는
'어머니'와 '아버지' 상징을 살펴보자.

마른빨래 접는 엄마 옆에서

이마가 따뜻했던

- 「어린 날의 낮잠」 부분

저녁이 오면

돌아오지 못하는 엄마를

기다리는 아이처럼

함께 눈시울 붉어지는 노을 시간

- 「낯선 여행지에서」 부분

어머니는 원형 상징이다. 인류가 공통으로 지닌 의미 자질이 원형인데 대표적으로 태양, 달, 바다, 대지, 어머니 등이 있다. 보편적으로 어머니 상징은 안식과 지혜, 우주와 모든 원소를 지배하는 모성, 영적인 군주이기도 하고 모든 생명의 기원이며 풍요의 열쇠이기도 하다. 탄생과 부재, 죽음과 파괴, 창조와 재생이라는 양가적 가치(양면성)를 가지기도 한다.

무엇보다 어머니는 잉태와 양육이 절대적인 요소다. 모성 원형의 양가성은 사랑, 희망, 도움, 안식 등의 긍정적 에너지를 제공하는 동시에 죽음, 내쳐지는 두려움, 올가미 같은 부정적 에너지도 내포한다. 「어린 날의 낮잠」이 긍정적 에너지라면 「낯선 여행지에서」는 다소 부정적 에너지로서의 모성적 원형이라 볼 수도 있다. 그러기에 자아는 긍정적 에너지에만 의존하지 못하고 독립적이고 의지적인 자신을 형성시킨 모성으로부터 그 인식을 확인받고자 한다.

민들레 씨앗들 바람 타고 날아
서로 다 헤어진 어느 산 아래

언 땅 녹은 봄
저 혼자 피어나 불러 보는 말
〈

'엄마'

  – 「나 여기 있어요」 전문

'아버지'는 다른 어떤 소재보다 부재성이다. 부재하지만 그리움의 수용으로 그 자리를 메우고자 한다. 이 시에서 아버지는 나무의자다.

오래전

아버지 손수 만드시고 앉으셨던 나무의자는

떠나신 지금도 식구처럼 정겹다

어디다 갖다 놓아도 어울리는 풍경이 되고

언제든 앉으면 한 몸인 듯 편했다

(중략)

대청봉 첫얼음 소식에

붉은 잎들 의자 위로 쌓이는 아침

아버지

추워지는데 이제 그만 들어오세요

  – 「오래된 나무의자」 부분

아버지의 나무의자는 '봄 깊어 수액의 향이 기억나고, 마른 옹이 관절들 추스르고 걸어가는, 직선과 직각을 타고 속 핏줄 환하게 물오르는 나무의자'(「숲으로 가는 나무의자」)이기도 하다. 이는 원초적 회귀 욕망이자 상실과 부재에 대한 보상적 인식이다.

시인의 첫 번째 시집에 실린 시 「나무 의자 한 그루」에도 유사한 이미저리가 펼쳐진다. "그래. 너도 예전엔 나무였구나 (중략) 시집 가슴 엎드려 읽어주는 시를 듣고 있네"에서 나무의자는 아버지의 자질을 내포한다. 시인은 어쩌면 자신의 시를 부재한 아버지에게 들려주고 싶은 내면 심리를 지녔을 수도 있다. 아버지를 대리하는 의자라는 상관물 앞에 애착과 환상, 그리고 그리움을 내면화하고, 종교적으로 부정하는 윤회 의식이 자기도 모르게 우회하여 원형적인 구성물로의 나무의자와 나무로 존재했다. 그러고 보면 나무의자는 나무이자 숲이고, 아버지이자 나 자신이다.

의존명사인 '것'은 '나' 다음으로 많아 무려 49번(건 1, 것 6, 것과 3, 것도 1, 것들은 4, 것만 1, 것으로 1, 것은 11, 것을 3, 것이 2, 것이다 11, 것일까 2, 게 3)이나 쓰인 낱말이다. 사물, 일, 현상 따위를 추상적으로 두루 이르는 말이라서 자칫 남용되기도 쉽다. 산문도 '것'의 쓰임을 줄일수록 문장이 산뜻해진다. 그렇다면 '것'의 사용을 시에서는 더욱 지양할 필요가 있다. 시어의 빈도로 시를 살핀다는 점은 인식하지 못했던 시인의 언어 습관의 교정이나 글의 퇴고에도 유용하다.

아다지오로 열리는

플룻과 오보에의 점점 높아지는 한숨

첼로의 활이 살을 길게 베어 긋는다

정수리에서 발끝까지 거침없이 두들기는 건반

모든 상처는 악기가 된다

－「이야기 한 곡」 부분

[+인체] 대상어의 순위로, '눈' 사용은 4번에 불과한데 '눈물'은 11번으로 상대적으로 많다. '가슴'과 '입'은 각각 7번씩 나타난다. 특이하게도 신체 시어인 '목울대'가 5번 쓰였다. '목울대'는 참고자 하는 자아의 저지선이자 마지못해 솟는 출발선으로서의 메타포로 보인다. '얼굴'과 '귀', '머리'도 각기 5번 나타난다. 이는 자신의 존재와 타자 관계, 인간 내면의 탐색이 매우 중요한 주제가 됨을 의미한다.

내가 죽었다면

그것은 목울대가 메었기 때문이다

(중략)

갈매기들 모래밭에

울며 받아 적고 울며 읽은 이름들

유언은 그것으로 충분하다.

－「청호동 바닷가에서」 부분

직선으로 바다에 다다른 강물은 없다

혼자서 가는 강물도

울지 않고 바다로 간 강물도 없다

밀어내면 먼 길 돌아 흐르고

이 골짝 저 골짝 낯선 물길들 끌어안고

쫓겨나면 끝 모를 절벽

비명으로 뛰어내렸다

모든 산들의 눈물은 그렇게 바다로 갔다

바다와 사람의 눈물이 짠 것은

두 생애의 본성이 닮았기 때문이다.

－「모든 산의 눈물은 바다로 간다」 전문

'안, 속'은 17번으로 빈도가 높고 '밖과 바깥'이 5번으로, 상대적으로 매우 낮다. "나는 아직 책 안에 서 있다", "금속성 비명으로 네 안에 들어서는 꿈", "바다은 늘 안쪽부터 닮았다", "가슴속/녹슬어 가는 대못/쇳내의 멀미 움켜쥐고 간다"와 같은 표현들이다. 공간 의식을 반영한 것임을 알 수 있는데 시인이 내적 지향의 성향이거나 외부 활동의 수동성이 무의식화되었음도 생각해 볼 수 있다.

공간을 직접적으로 설정하는 낱말을 살피면, 위치 공간어로는 '위 23, 아래 8, 여기 5, 저기 1'의 빈도이고, 인공적 공간과 관련한 사물어로는 '담 14, 집 12, 마을 10, 지붕 9, 창문 6, 마루 2, 방 2, 뒤뜰 2, 골목 2, 마당 1, 빌딩 1, 초가 1'의 빈도이다.

> 민들레 피어나 웃고 있는 길 위로
>
> 다시
>
> 낯선 아이들이 재잘거리며 뛰어간다
>
> — 「암묵적 약속」 부분

> 기진한 무대 위의 오케스트라
>
> 핏빛 가슴 옷섶 여미며
>
> 그녀가 일어섰다
>
> — 「이야기 한 곡」 부분

'위'의 장소성은 단순한 위치 공간을 뜻하지 않고 둘

간의 결합하는 존재를 드러내는데 주로 쓰였다. 시인은 사물의 관계를 대척점에 두지 않고 상호 의존적이고 결합한 존재로 파악한다. 성 "모래톱 위로 흔들리며 지나온 발자국"이라든가 "길 위에서 강둑에서 서성이는 사람들", "광활한 풍경 위에 나를 세워두고"에는 인간의 존재를 세웠고, "에덴을 상실한 아담의 흔적 위로 차디찬 껍질들", "큰 산맥 위로 서너 배 검푸른 구름", "높이 걸린 창문턱 위에 작은 돌멩이"에서는 사물의 존재가 놓였다. 이들 모두 위, 아래가 지배적 관계가 아니다. 상태를 구체적으로 한정해 주는 아래의 존재로 인해 위의 존재가 더 명료해졌음을 발견할 수 있다. 이는 어쩌면 생애가 홀로 흘러가기보다 도반을 추구하고자 하는 시인의 의식이 깃들어 있음을 본다.

수직 계곡의 거친 바위틈
어디서 날아왔는지 빈 창틀이
중간쯤에 비스듬히 박혀 있다
거센 바닷바람에
단단히 갇힌 네모 창문

좁은 바위틈새와 무한 확장 사이
안과 밖의 경계

그 영역의 가치와 의미를

무엇으로 잴 수 있을까

들어가는 중인지 나가는 중인지

그 경계 어디쯤에서

겨우 버티고 매달려 있는

소금기 붉은 시선의

내 아바타

– 「던져진 질문을 들고」 전문

　'창'은 외부 세계와 소통하던 경계이자 밖을 받아들이는 프레임이다. 내부의 유한한 세계와 외부의 무한한 세계를 창틀이라는 물질로 단절시키지만, 투과성을 통해 연결해 주는 역설적인 공간이기도 하다. 무한은 영원성이며 이는 인간이 욕망하는 세계이기도 하다. 욕망의 결핍을 허용하는 통로가 창이라는 점에서 서정적 자아는 창을 완전히 떠날 수 없고 버릴 수도 없다.

　그런데 어느 날 버려진 창을 보게 된다. 내부의 나와 외부의 사물 사이의 통로이자 눈이었던 창이 내부를 버리고 외부가 되어 있다. 시인은 버려졌거나 바람에 날아가 박힌 창의 기능을 다시 생각한다. 좁은 절벽 틈새에서 외부 세계를 확장하여 보여주는 통로 역할을 여전히 수행하고 있는 창을 발견한다. 쓸모가 없어진 틀이 아니라 새로운 투시를 하고 창은 흡사 나의 존재감과 환치하여 생각하게 한다.

'창'을 비롯한 인공적 공간어인 '담, 집, 마을, 지붕, 마루, 방'은 도회적이지 않고 지극히 전원적이고 자연의 구성물로서 그려진다. 속초, 고성의 산과 바다를 영위하며 전원생활을 하는 시인의 의식 속에 도시는 이미 담 너머의 세계다.

4. 자연을 대하는 서정적 자아와 시어 빈도

자연은 어느 시인에게 나를 즐겨 형상화하는 시적 표상이다. 보편적인 인간과 자연의 관계를 김향숙 시인도 지니고 있다. 다만 다른 면이 있다면 자연을 대장관으로 그리거나 공포, 위압, 무한 대상으로 그리지 않는다는 점이다. 필자는 처음으로 자연이 소품이 될 수 있겠다는 생각을 시인의 시를 읽으면서 가진 적이 있다. 그렇다고 막상 자연의 소재들을 아기자기하게 다룬 작품을 고르라면 딱히 짚기 어려운데도 말이다. 아무래도 김향숙 시인에게 자연은 자신과 동등한 생각, 신이 그려낸 동일한 작품이라는 등가적 세계관이 작품 곳곳에 배어 있기 때문이 아닐까. 자연과 인간이 동등한 인격적 관계를 맺는다는 사실은 절대적인 애정이 전제되고 관계성을 한시라도 놓지 않아야 가능하다. 웅장한 설악산이나 광활한 동해를 오랜만에 바라보는 여행객의 감정과 늘 이마 가까이 마주하는 시인의 감정은 사뭇 다를 수밖에 없다.

자연 속에 투영되는 인간은 유한하고 고독하다. 인간의 본질적 성향은 인간끼리 있을 때보다 생각의 교신, 무언으로 대화하는 자연 앞에서 더 선명해진다. 그렇다고 좌절감에 휩싸이거나 부정적인 세계관에 들지 않는다. 오히려 조심스러운 성찰, 따뜻한 인간성, 진리에 순응하는 겸손을 지니게 한다. 유독 김 시인의 시에서 자연은 더 그러하다. 자연에서 떠난 사물도 물기 있는 자연이다.

봄 깊어
수액의 향이 기억났을까
마른 옹이 관절들 추스르고 걸어간다

깊은 뿌리 내리고
초록 가지들 바람에 흔들리던 고향
물푸레나무 숲으로 가자
어릴 적 어머니 마을로 가자
〈

무엇이 되었든 모두는

어린 나에게

가끔 그렇게 다녀오는 것이다

시간 많은 시간이 기대앉은

직선과 직각을 타고

그래도 봄 한때

속 핏줄 환하게 물오르는 나무의자

－「숲으로 가는 나무의자」 전문

자연물 공간어의 빈도는 '산 30, 길 17, 바다 15, 숲
14, 하늘 12, 설악 2, 허공 2, 섬 2, 해변 0'으로 나타난
다. 공간 배치와 관련한 사물은 '나무 35, 바람 30, 눈 4,
구름 3, 눈비 3, 무지개 1, 비 1, 안개 0' 순서로 빈도수를
보였다. 한두 번쯤은 쓰였을 '해변'과 '안개'가 보이지 않
음은 시인의 시가 대체로 명료한 세계를 추구한다는 점에
서 이해가 된다. 몽환적인 전개가 보이질 않은 이유 중 하
나다.

자연물 공간어에서 가장 많은 빈도수는 '산'이다. '지
붕'도 산을 뜻하는 시어로 쓰였으니 압도적인 빈도를 보
인다. 산은 시인이 두고자 하는 식물성 세계의 터전이다.
숲이 있고 나무도 여기서 비롯된다. 그러나 이 산은 시인

과 원거리로 늘 존재한다. "목울대 메인 숨 쏟아내러/갈 대숲으로 가야지"(「갈대숲으로 가야지」)라든가 "초록 가지 들 바람에 흔들리던 고향/물푸레나무 숲으로 가자"(「숲으로 가는 나무의자」)처럼 수용하거나 일체화하지 않는다. 산속에 들지 못한 타자화로서 산은 멀찌감치 있다.

> 흰 눈 벗은 먼 산으로
> 연두 초록이 천천히 오고
>
> 긴 꼬리별 인사로 지는 별들
>
> 떠나고
> 지워지고
> 잊혀지고
> 아름다워라
>
> 내 떠난 의자에 앉아
> 아이 하나 웃고 있네
>
> — 「가고 오는 일」 전문

산에 들면 산을 보지 못한다고 하던가? 자신이 산에 들 거나 정복하고자 하는 대상이 아니다. 나와 산의 거리는

144

좁혀지지 않은 상태에서 인경引景의 풍경으로 교감할 뿐이다. 산은 시인에게 쉬 범접할 수 있는 존재가 아니며 그렇다고 멀찌감치 떨어진 존재도 아니다. 적당한 거리에서 그 둘레를 벗어난 적도 없다. 신앙의 대상이나 인간관계에서도 시인에게 산과 같은 존재가 있었을 터이다. 그러한 산은 죽은 후에야 산에 안기고 그 세계에 들지 몰라도 생전에 그러할까 궁금하다. 적어도 시적 진술에서는 말이다.

권한다면 시인이 좀 더 치열해지기를 바란다. 여린 심성에서 비롯된 것이겠지만 세계를 자기화하는데 타협을 해버리는 경우가 시적 구조에서 종종 보인다. 그리하면 마지막 연이 쉽게 일반화되는 진술로 맺게 되어 앞에서 잘 포착한 직관들이 맥없이 풀어지는 경우가 있다.

아무튼 시인과 산은 서로 외면하지 않고 시야에 벗어나지도 않는다. 그러한 산은 진리의 순환이자 순수 그 자체이다. 후세에도 변치 않으리라 시인은 확신한다.

입춘 지나면

뿌리에서 건너오던 수액의 향

마른 옹이 관절마다

살아나는 기억들

〈

젊은 물푸레나무숲 물오르는 소리

나무의자처럼 귀 기울이면

가다 가다 묶어둔

매듭 하나둘

통증도 하나씩 쉬었다 간다

– 「관절을 만지며」 전문

  '나무'와 '나무의자' 그리고 나무의 집합체인 '숲'까지
나타나는 빈도는 49번가량 된다. 의인화된 나무이니 시인
과 환치할 수 있다. 신의 피조물로서 '나무'는 나 자신의
모습이기도 하고, 자연을 연결하고 지상과 천상을 연결하
는 매개체이기도 하다. 삶과 죽음의 경계에 놓인 영혼과
육체는 나무의 의지로 형상화되었다. 상상력의 폭과 깊이
가 만만하지 않다. 이를 담는 간결한 표현과 참신한 진
술, 리듬감 있는 흐름은 이 시의 예술성을 탄탄하게 한다.

  좋은 시는 내 마음의 대리 행위를 해주는 공감의 감동을
일차적으로 주지만 두고두고 읊조릴수록 갈무리되어 있던
다른 의미를 발견하게 한다. 자신의 상상력 밖에 존재하는
새로운 세계와 만나는 신선한 충격과 경이를 맛보게 한다.
  시인의 깊은 사색과 예민한 직관력이 빚어낸 한 편의

시, 긴 산고 끝에 태어난 언어 예술의 감촉, 그리고 두고
두고 우러나는 철학적 의미를 느끼게 하는 시 한 편을 만
나는 일은 즐겁다. 세상의 내밀한 진실을 발견한 듯 언
제나 나를 설레게 한다. 김향숙 시인의 시를 대하는 동안
그러했다. 다음에 만날 또 한 그루의 시편이 기다려진다.

여름내
참새 곤줄박이 까치가 앉아 읽던
나뭇잎 책들
비도 구름도 햇살도 읽었다

바람이 다 읽고 보내 준 책들은
다람쥐가 읽고 벌레들이 읽었다

겨우내
나무가 이야기를 만드는 동안
기다리다 못한 딱따구리가
자꾸만 재촉을 한다

어서 책 만들어 주세요
도서관 문 열어주세요

　　　　　　　　　　　－「한 그루 도서관」 전문

상상인 시인선 *059*

숲으로 가는 나무의자

지은이 김향숙

초판인쇄 2024년 9월 6일 초판발행 2024년 9월 12일

펴낸곳 도서출판 상상인 편집주간 황정산 펴낸이 진혜진

표지디자인 최혜원 기획·마케팅 전은빈 최유림 노혜림 정현수

책임교정 박희연 편집 세종PNP

등록번호 제572-96-00959호 등록일자 2019년 6월 25일

주소 06621 서울시 서초구 서초대로74길 29, 904호

전화번호 02-747-1367, 010-7371-1871

팩스 02-747-1877 전자우편 ssaangin@hanmail.net

ISBN 979-11-93093-64-1 (03810)

값 12,000원

* 이 책은 강원특별자치도, 강원문화재단 후원으로 발간되었습니다.

* 이 책은 전부 또는 일부 내용을 재사용하려면 반드시 저작권자와 도서출판 상상인의 동의를 받아야 합니다

* 이 도서의 국립중앙도서관 출판시도서목록(CIP)은 서지정보유통지원시스템 홈페이지(http://seoji.nl.go.kr)와 국가자료공동목록시스템(http://www.nl.go.kr/kolisnet)에서 이용하실 수 있습니다.